배고픈 호랑이가 토끼를 잡았어요.
한입에 꿀꺽 삼키려는데
토끼가 꾀를 생각해 냈네요.
토끼는 맛있는 꿀떡을 구워 줄 테니
꿀떡을 먹고 자신을 잡아먹으라고 했어요.
토끼를 따라간 호랑이는
맛있는 꿀떡을 먹을 수 있을까요?

추천 감수_ 김병규

대구교육대학을 졸업하고 한국일보 신춘문예에 동화가, 중앙일보 신춘문예에 희곡이 당선되면서 작품 활동을 시작했습니다. 대한민국문학상, 소천아동문학상, 해강아동문학상 등을 수상했으며, 현재 소년한국일보 편집국장으로 재직 중입니다. 쓴 책으로 〈나무는 왜 겨울에 옷을 벗는가〉, 〈푸렁별에서 온 손님〉, 〈그림 속의 파란 단추〉 등이 있습니다.

추천 감수_ 배익천

경북 영양에서 태어났습니다. 1974년 한국일보 신춘문예에 동화가 당선되었고, 〈마음을 찍는 발자국〉, 〈눈사람의 휘파람〉, 〈냉이꽃〉, 〈은빛 날개의 가슴〉 등의 동화집을 펴냈습니다. 한국아동문학상, 대한민국문학상, 세종아동문학상 등을 받았으며, 현재 부산 MBC에서 발행하는 〈어린이문예〉 편집주간으로 일하고 있습니다.

글 _ 김은경

대구대학교 국어국문학과를 졸업하고 2000년에 문학 계간지 〈실천문학〉에서 시로 신인상을 받으며 등단했습니다. 지금도 꾸준히 시를 발표하며 어린이들을 위한 재미있고 아름다운 동화를 쓰고 있습니다. 작품으로 〈아기가 된 엄마〉, 〈선생님은 못 하는 게 없어〉, 〈칠면조를 판 석유왕〉 등이 있습니다.

그림 _ 배종숙

대학에서 디자인을 공부하고 지금은 어린이 책에 그림을 그리고 있습니다. 작품으로 〈마량의 요술 붓〉, 〈조 이삭 하나로 장가든 총각〉, 〈팥죽 할머니와 호랑이〉, 〈고양이만 한 호랑이〉, 〈나는 언제나 형이야〉, 〈빨간 모자〉 등이 있습니다.

말랑말랑 우리전래동화

04 지혜와 재치

호랑이를 이긴 꾀쟁이 토끼

발 행 인 박희철
발 행 처 한국헤밍웨이
출판등록 제406-2013-000056호
주   소 경기도 성남시 분당구 금곡동 444-148
대표전화 031-715-7722
팩   스 031-786-1100
편   집 이영혜, 이승희, 최부옥, 김지균, 송정호
디 자 인 조수진, 우지영, 성지현, 선우소연
사진제공 이미지클릭, 연합포토, 중앙포토

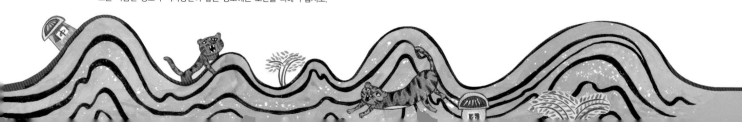

호랑이를 이긴 꾀쟁이 토끼

글 김은경 그림 배종숙

한국헤밍웨이

아주 먼 옛날, 어느 추운 겨울날이었어.
호랑이 한 마리가 산속을 어슬렁거리고 있었지.
"어휴, 배고파!
겨울이 되니 먹을 것이 하나도 없네."
그때 마침 통통한 토끼가 지나가는 게 보였어.
호랑이는 풀쩍 달려가서 토끼를 콱 잡았지.
"이놈, 참 맛있게 생겼구나!"

호랑이가 입을 쩍 벌리자
토끼가 호랑이를 살살 달랬어.
"호호, 서두르지 마세요.
제가 맛있는 꿀떡을 구워 드릴 테니,
꿀떡을 드시고 저를 드세요."
"꿀떡? 그게 뭐야? 맛있는 거야?"
호랑이는 토끼를 따라 꿀떡을 먹으러 갔어.

토끼는 자갈밭에 멈추더니
잔가지로 모닥불을 활활 피웠어.
불 위에는 동글동글한 자갈을 얹었지.
"호랑이님, 이게 바로 꿀떡이랍니다.
빨갛게 익으면 꿀꺽 삼키세요."
토끼는 얼른 자리에서 일어났어.
"저는 떡 찍어 먹을 꿀을 가져올게요."
"그래, 얼른 다녀와."

메롱!

혼자 남은 호랑이는 꿀떡이
빨갛게 익기를 기다렸어.
"히히, 이제 다 익었나 봐.
토끼가 오기 전에 먼저 맛을 봐야지."
호랑이는 뜨겁게 달궈진 자갈을
입 속에 넣고 꿀꺽 삼켰어.

"앗! 뜨거워! 호랑이 살려!"
호랑이는 데인 혀를 쭉 내밀고,
데굴데굴 굴렀어.
그러자 배 속의 뜨거운 자갈도 데굴데굴.
"어이쿠, 배야. 내가 속았구나.
못된 토끼, 다음에 잡히기만 해 봐."

며칠 뒤, 호랑이는 숨어서
토끼를 기다렸어.
토끼는 아무것도 모르고 깡충깡충 뛰어왔지.
"어흥! 토끼야, 오늘은 널 잡아먹겠다!"
호랑이가 토끼 앞을 턱 막아섰어.

그런데 토끼가 깔깔 웃는 거야.
"아이코, 호랑이님 반가워요.
참새고기를 먹으러 가는 길인데
호랑이님도 맛 좀 보실래요?"
호랑이는 참새고기란 말에 군침을 꿀꺽!
"우아, 맛있겠다!"
"그럼 어서 따라오세요."
호랑이는 신이 나서 또 토끼를 따라갔지.

토끼는 가시덤불 앞에 멈춰 섰어.
"저 덤불 안에 들어가서 기다리세요.
제가 참새를 몰아올게요."
호랑이는 가시에 콕콕 찔리면서도
가시덤불 안으로 들어갔어.
"어이쿠, 따가워. 여기에 있으면 돼?"
"네. 눈을 꼭 감고 입을 크게 벌리세요."

토끼는 잽싸게 불을 피워
가시덤불에 불을 붙였어.
탁탁 타다닥! 불길이 빠르게 번졌지.
호랑이는 아무것도 모르고 벙글벙글.
'참새들이 날개를 파닥이는 소리인가 봐.
흐흐, 이제 곧 참새고기를 먹겠지?'
그 순간 불길이 호랑이에게 확 몰려왔어.

불은 순식간에 호랑이의 몸에 붙었어.
"앗! 불, 불이야! 호랑이 살려."
호랑이는 산비탈을 데굴데굴 굴러
겨우겨우 불을 껐지.
"이 못된 토끼! 꼭 잡아먹고 말 테야."

호랑이는 앓아누워서도 토끼 생각만 했어.
"토끼 녀석을 구워 먹을까?
아니야, 나무에 매달아서 혼내 줄 테야.
아니야, 찰싹찰싹 때려 줄까?"
며칠 뒤, 호랑이는 자리에서 일어나
토끼를 잡으러 나갔지.

26

호랑이는 들판에서 토끼와 딱 마주쳤어.
"이놈! 한입에 삼켜 버릴 테다!"
그런데 토끼가 소리를 버럭 지르는 거야.
"잠깐만요!"

"지금 저를 드시면 어떡해요?
맛있는 물고기를 먼저 구워 드셔야지요."
호랑이의 눈이 커다래졌어.
"맛있는 물고기?
강이 꽁꽁 얼었는데 어떻게 잡아?"
토끼가 깔깔 웃었어.
"호랑이님의 꼬리로 잡으면 되지요.
저를 따라오세요."
호랑이는 토끼를 따라 강으로 갔지.

토끼는 커다란 돌을 쿵쿵 내리쳐
꽁꽁 언 강에 작은 구멍을 냈어.
"여기 꼬리를 집어넣으세요."

"아하, 낚시하는 것처럼?"
"역시 호랑이님은 똑똑하시군요.
조금만 기다리시면 물고기들이 꼬리에 매달릴 거예요."
토끼는 슬금슬금 뒷걸음질 쳤어.
"꼼짝 말고 기다리세요.
저는 불 피울 나뭇가지를 주워 올게요."

"어휴, 추워. 얼른 돌아와야 해."
호랑이는 덜덜 떨면서 토끼를 기다렸어.
찬 바람이 휭 불어도,
콧물이 줄줄 흘러도 꾹 참았지.
"물고기가 좀 잡혔을까?"

호랑이는 더 이상 기다리지 못하고,
꼬리를 잡아당겼어.
그런데 꼬리가 얼어서 꼼짝하지 않는 거야.
"앗! 토끼한테 또 속았구나.
아이고, 이를 어째?"
호랑이는 겨울 내내 벌벌 떨며
꼬리를 잡아당겼다고 해.

키득키득!

호랑이를 이긴 꾀쟁이 토끼 작품해설

옛날부터 우리나라에는 호랑이에 얽힌 이야기가 많이 내려오고 있습니다. 사납고 무서운 호랑이, 어리석은 호랑이, 신으로 섬김을 받는 호랑이, 정과 의리를 지닌 호랑이 등 다양한 호랑이 이야기가 있습니다.

<호랑이를 이긴 꾀쟁이 토끼>에 나오는 호랑이는 어리석은 호랑이예요. 약한 토끼를 잡아먹으려는 호랑이 앞에 어느 날 토끼가 나타납니다. 토끼는 얼마나 무서울까요? 호랑이에 비해 힘도 약하고 날카로운 발톱도 없으니 말이에요. 그런데 한 가지 다행스러운 일이 있습니다. 토끼는 꾀가 많고 호랑이는 어리석다는 것이지요. 토끼는 꾀를 써서 꿀떡을 구워 주겠다고 호랑이에게 말합니다. 어리석은 호랑이는 그 말을 믿고 토끼를 따라갑니다. 토끼는 불을 피우고 그 위에 자갈을 얹어 놓고 꿀을 가져오겠다며 자리를 떠납니다. 호랑이는 빨갛게 달궈진 자갈을 꿀떡인 줄 알고 삼켰다가 그만 불에 데어 데굴데굴 구르지요.

며칠 뒤 호랑이가 또 토끼를 잡아먹으려 합니다. 토끼는 이번에는 참새고기를 먹게 해 주겠다고 합니다. 정말 호랑이는 참새고기를 먹게 될까요? 토끼가 가시덤불 안에 들어가서 입을 크게 벌리라고 하니 호랑이가 시키는 대로 합니다. 그러자 토끼는 가시덤불에 불을 붙여 호랑이를 골려 줍니다.

며칠 뒤 호랑이가 또 토끼를 잡으려 하자 토끼가 이번에는 물고기를 잡게 해 주겠다며 강으로 데리고 갑니다. 토끼는 얼음에 구멍을 내고 호랑이에게 꼬리를 집어넣어 낚시를 하라고 합니다. 어리석은 호랑이는 꼬리를 강물에 넣었다가 그만 꼬리가 강물과 함께 얼어 버리는 바람에 고생을 하게 되지요.

이처럼 토끼는 힘은 약하지만 머리를 써서 힘센 호랑이를 골려 주며 살아갑니다. 탐관오리나 힘센 사람들을 골려 주고 싶은 힘없는 백성들의 바람이 생각나는 이야기입니다.

꼭 알아야 할 작품 속 우리 문화

꿀떡

찹쌀과 멥쌀가루에 설탕을 섞어 만든 떡이에요. 시루에 떡가루를 한 켜 놓고 그 위에 대추와 밤, 석이를 실처럼 썰어 얹고 기름종이를 덮은 뒤 다시 떡가루를 한 켜 놓고 하는 식으로 층층이 쌓아 찌면 꿀떡이 되지요. 여기에 꿀을 발라 먹으면 더욱더 달콤한 떡이 됩니다.

참새

우리나라 전 지역에서 사는 흔한 새예요. 지붕 밑이나 건물 틈새, 파이프 속뿐만 아니라 까치집처럼 다른 새가 버린 둥지에서도 번식을 해요. 수확 철에 곡식을 쪼아 먹어서 허수아비를 만들어 쫓기도 해요. '참새가 방앗간을 그냥 지나가랴.', '참새는 죽어도 짹 한다.' 등 속담에도 많이 등장합니다.

낚시

낚싯바늘에 미끼를 꿰어 물고기를 잡는 일을 말해요. 돌로 만든 낚싯바늘이 발견된 것으로 보아 우리나라에서는 신석기 시대부터 낚시를 했음을 알 수 있어요. 낚시는 고기를 잡기 위해서만이 아니라 물가에 앉아서 대자연을 즐기기 위해서 하기도 합니다.

말랑말랑 우리 문화 이야기

이야기 속에서 호랑이는 꾀 많은 토끼에게 속아 꼬리로 물고기를 잡으려 했어요. 우리 민족은 예로부터 물고기를 좋아해서 다양한 방법으로 물고기를 잡아 왔어요. 옛 사람들이 어떻게 물고기를 잡았는지 한번 볼까요?

그물을 던져라

강에서는 낚시를 해서 물고기를 잡았어요. 시간이 흘러 그물을 이용해 물고기를 잡기도 했어요. 끝에 추가 달린 그물을 던져서 한꺼번에 많은 물고기를 잡을 수 있었어요.

대나무 울타리로 고기를 잡아요

밀물과 썰물을 이용해 멸치를 잡는 방법이에요. 대나무로 그물을 엮어 울타리를 만든 다음, 좁은 바다 물목에 세워요. 고기는 바닷물에 떠밀려 오다가 대나무 울타리 안에 갇히게 되지요.

헤헤, 많이 몰려오네.

아이쿠, 대나무 울타리가 숨어 있는 줄은 몰랐네.

어기야디야 손꽁치 잡이

꽁치는 알을 낳을 즈음에 해안으로 모여들어요.
어부가 바다풀을 바닷물에 띄우면 꽁치들이 모여들어요.
꽁치가 모여들면 배에 타고 있던 어부가 재빨리 꽁치를
손가락 사이에 끼워 잡아 올리는 방법이에요.

돌을 쌓아 잡는 독살

독살은 돌담을 쌓고 밀물과 썰물을 이용하여 물고기를
잡는 방법이에요. 밀물이 되면 고기가 바닷물과 같이
돌담 안으로 들어와요. 썰물이 되어 물이 빠지면 물고기는
돌담에 갇히지요. 뜰망으로 고기를 건져 올려요.

힘을 합쳐 잡는 가후리

가후리는 배를 타고 나가 그물을 바다에 던져
놓은 다음, 육지에 있는 사람들이 양쪽에서
그물을 잡아당겨 고기를 잡는 방법이에요.
도미, 광어, 오징어, 우럭, 게 등 다양한
고기들이 잡히지요.